Meilleurs Voeux!

Deborah
Kovacs

C A T I E   C O P L E Y   E N   V O Y A G E   À   Q U É B E C

Catie Copley

WOOF!

Catie Copley en voyage à Québec

par Deborah Kovacs
Illustré par Jared T. Williams

DAVID R. GODINE, PUBLISHER
BOSTON

Pour notre famille canadienne. D.K.

To my father, who showed me the beauty of a well-told story, the
value of hard work, and the strength of patience. J.T.W.

Achevé d'imprimer en 2009 par
DAVID R. GODINE · *Publisher*
Post Office Box 450
Jaffrey, New Hampshire 03452
www.godine.com

LIBRARY OF CONGRESS CATALOGING-IN-PUBLICATION DATA

Kovacs, Deborah.
Catie Copley en voyage à Québec / par Deborah Kovacs ; illustré par Jared T. Williams. — 1st ed.
p.   cm.
Summary: Catie Copley, a seeing-eye dog and canine ambassador
at Boston's Fairmont Hotel, visits Quebec City.
1. Service dogs—Juvenile fiction. [1. Service dogs—Fiction.
2. Dogs—Fiction. 3. Travel—Fiction. 4. Hotels, motels, etc.—Fiction.
5. Québec (Québec)—Fiction. 6. Canada—Fiction.
7. French language materials—Bilingual.]
I. Williams, Jared T., ill. II. Title.
PZ26.3.K68C38 2009
[E]—dc22
2008051412

PREMIÈRE IMPRESSION
Imprimé en Chine

C'était l'après-midi et je profitais d'une petite sieste
dans le hall du Copley Plaza, le superbe hôtel où je passe mes journées.
Mon meilleur ami, Jim le concierge, était tout près. Tout était comme
j'aime que ce soit — achalandé et familier.

Mais il y avait du changement dans l'air.

"Réveille-toi Catie," dit Jim.

"Il y a quelqu'un ici pour te voir."

"Wouf," dit une voix que je ne connaissais pas.

J'ai ouvert un œil.

Le nez mouillé d'un chien très poilu était à quelques centimètres du mien.

"Voici Santol," dit Jim. "Il travaille dans un grand hôtel, le Château Frontenac dans la Ville de Québec. C'est tout en haut au nord, au Canada.

Il a été entraîné pour devenir chien-guide tout comme toi.

Il est ici en visite."

Santol s'est emparé de mon
jouet en forme de homard, le secouant
devant moi avec un grognement espiègle. Il est parti avec mon jouet à
toute allure en traversant le hall. Il s'est accroupi et m'a souri, voulant
jouer. "Amenons Santol prendre une marche," dit Jim.
"Wouf!" dit Santol.

Jim nous a fait traverser

le Copley Square. Aujourd'hui c'est occupé car c'est jour de marché.

J'ai senti l'odeur du pain frais, du fromage frais et les raisins de Concord.

Il y avait des pigeons partout.

Je voulais les chasser mais je suis trop bien élevée pour cela.

Et Santol lui? Je lui ai jeté un coup d'œil.

Il rigolait encore mais se comportait bien.

Cette fois-ci, j'ai rigolé avec lui.

Jim nous a amené en balade dans le parc Boston Common.

Santol a rencontré certains de mes amis. . .

Sam le bassett hound;

Rorschach le bâtard;

Drew le grand danois;

et Lindy l'épagneul anglais.

Nous avons joué une longue partie de Attrape-moi si tu peux.

À la fin nous étions complètement épuisés.

Santol et moi étions maintenant des amis.

Le lendemain matin, il était temps pour Santol de rentrer à la maison.

Jim allait le reconduire en voiture. J'étais très triste de le voir partir.

Et là, j'ai eu une belle surprise. Jim a ouvert la porte de la voiture et a dit,

"Embarque Catie! Tu peux venir aussi."

Je n'aboie pas souvent, mais là j'ai aboyé.

Deux fois même. Santol et moi, nous nous sommes assis à l'arrière
de la grosse voiture de Jim.

Jim a ouvert les fenêtres, juste assez pour que nous puissions sentir toutes
les bonnes odeurs. Ensuite sommes partis!

La route entre Boston et la Ville de Québec est longue et captivante.
Il y a quelque chose de nouveau à voir après chaque virage.

La matinée, nous nous sommes arrêtés pour grimper une montagne.

À l'heure du dîner, nous avons pris un délicieux pique-nique juste à côté d'un magnifique pont couvert.

L'après-midi, nous avons nagé dans un étang froid et clair.

Ensuite, nous nous sommes roulés dans les feuilles qui crépitaient afin de nous sécher.

Nous sommes enfin arrivés dans la Ville de Québec, la maison de Santol.
Je pensais que mon hôtel était grand, mais l'hôtel de Santol est
GIGANTESQUE. J'ai rencontré la personne qui prend soin de Santol,
Geneviève. Santol était très heureux de la voir.

"Il faut que je parte maintenant," dit Jim. "Mais je serai de retour dans deux jours. Geneviève et Santol s'occuperont bien de toi."

Il est parti et j'étais seule avec mon nouvel ami. Geneviève a installé mon lit à côté de celui de Santol. Entendre sa respiration m'apaisait. Je me suis très vite endormie.

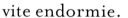

Lorsque que je me suis réveillée le lendemain matin, Santol était déjà prêt pour jouer. Nous avons visité ses endroits préférés: la salle ensoleillée où les gens mangent en admirant l'immense fleuve Saint-Laurent et les cuisines débordantes d'activité qui sentent aussi délicieusement bon que les cuisines de mon hôtel à Boston. . .

De tous les endroits, mon préféré a été le fauteuil situé au deuxième
étage devant le foyer. (Je ne pense pas qu'on avait le droit de s'asseoir sur
le fauteuil mais personne ne nous a vus. En plus nous avons fait très
attention de ne laisser aucune trace de poil derrière nous.)

Nous sommes sortis à la découverte la ville.

J'ai rencontré les amis de Santol: Jeanne, le cheval de calèche, qui a des sabots qui font clip-clop, clip-clop sur les anciennes rues et Jean, son chauffeur, et Batisse, la chèvre du régiment.

J'ai rencontré
Monique,
la jongleuse de pommes . . .
qui a laissé échapper
quelques-unes de ses pommes . . .
que nous avons essayé d'attraper . . . mais elles ont roulé en bas des escaliers . . .
à vrai dire, BEAUCOUP d'escaliers . . . exactement cent soixante-dix marches
(je suis très bonne pour compter). Lorsque nous avons finalement rattrapé
les pommes nous nous étions rendus dans la partie basse
du Vieux-Québec.

Les rues de la ville sont faites de pavés de pierres.

Les bâtiments sont très anciens et très beaux.

J'ai reniflé une odeur différente
et familière en même temps,
mais définitivement délicieuse.
Geneviève appelle cela
du "saucisson."
Elle en a donné à
moi et à Santol pour
que nous partagions.
Peu importe comment
elle appelle ça, je sais
reconnaître mon repas
favori lorsque je l'en goûte!

Après notre longue marche, nous avons remonté la côte à bord d'une
grosse boîte vitrée appelée "funiculaire."

Ce soir là, nous nous sommes promenés sur la Terrasse.

Il y avait une grosse foule. Tout le monde criait,

"Feux d'artifice! Feux d'artifice!"

Je ne les comprenais pas, mais j'aurais bien aimé. Ça ne me dérange pas d'être dans la foule, mais je n'aime vraiment pas les bruits forts.

J'ai entendu un bruit ÉNORME et j'ai vu des lumières brillantes dans le ciel, au dessus du fleuve! J'étais tellement surprise et effrayée que j'ai jappé et sauté. Pire encore, j'ai tellement fait sursauter Geneviève qu'elle en a laissé échapper ma laisse! Je me suis rapidement perdue à travers tous ces gens. Les bruits étaient de plus en plus forts. Je devais sortir de là! J'ai couru jusqu'à ce que je sois très loin des cris et des bruits.

Je me suis retrouvée dans un coin de la ville

que je n'avais encore jamais vu.

J'étais perdue.

Je me suis assise en me demandant ce que j'allais bien pouvoir faire.

J'ai essayé de rester courageuse.

Puis, j'ai entendu un clip-clop, clip-clop qui me semblait familier.

C'étaient les amis de Santol, Jean et Jeanne!

"Pauvre Catie," dit Jean. "Viens ici!" Il tapota le siège à côté de lui.

Je savais exactement ce qu'il voulait dire et j'ai sauté tout de suite.

Jean et Jeanne m'ont ramenée à l'hôtel.

Santol et Geneviève se sont précipités vers nous. Ils étaient très inquiets.

Santol m'a reniflée partout et Geneviève
n'arrêtait pas de me flatter la tête en répétant
"Merci! Merci beaucoup!" à Jean et Jeanne.

Après cette longue journée, je me suis endormie immédiatement.
J'ai rêvé que j'étais de retour à Boston en train de pourchasser
les pigeons dans le parc Boston Common.

Le lendemain matin,

je me suis réveillée en sentant une main familière qui me frottait derrière l'oreille. J'ai ouvert les yeux. Jim m'a souri. "C'est le temps de rentrer à la maison Catie," dit-il. J'étais tellement contente de le voir, j'ai jappé TROIS fois! J'étais triste de devoir dire au revoir à Santol et Geneviève. Mais je suis toujours heureuse lorsque je suis avec Jim.

De la neige commençait à tomber

alors qu'on s'approchait de la voiture de Jim.

"L'hiver s'en vient Catie," dit Jim. J'ai secoué la queue.

L'hiver est temps de l'année le plus douillet.

Je suis maintenant de retour dans mon hall achalandé tout près de mon meilleur ami.

Il m'arrive de rêver de Santol et de son magnifique hôtel.

Mais la plupart du temps je m'étire et je souris, car je suis exactement où je veux être.